中 华 传 奇 人 物 故 事 汇

黄帝

赵志明 著

中华书局

图书在版编目(CIP)数据

黄帝/赵志明著. —北京:中华书局,2019.6
(中华传奇人物故事汇)
ISBN 978-7-101-13842-9

Ⅰ.黄… Ⅱ.赵… Ⅲ.历史故事-中国-当代 Ⅳ.I247.81

中国版本图书馆 CIP 数据核字(2019)第 060622 号

书　　名	黄　帝	
著　　者	赵志明	
丛 书 名	中华传奇人物故事汇	
责任编辑	马　燕　董邦冠	
出版发行	中华书局	
	(北京市丰台区太平桥西里 38 号　100073)	
	http://www.zhbc.com.cn	
	E-mail:zhbc@zhbc.com.cn	
印　　刷	北京瑞古冠中印刷厂	
版　　次	2019 年 6 月北京第 1 版	
	2019 年 6 月北京第 1 次印刷	
规　　格	开本/787×1092 毫米　1/32	
	印张 3½　插页 2　字数 50 千字	
印　　数	1-10000 册	
国际书号	ISBN 978-7-101-13842-9	
定　　价	18.00 元	

出 版 说 明

　　远古时期，元谋人、蓝田人、北京人、山顶洞人，先后在中华大地上繁衍生息，留下了生活的遗迹。距离今天四五千年前，活动于红山文化遗址、良渚文化遗址等地区的先民，不只留下了生活的遗迹，还创造了早期中国的文明，为中华民族五千年繁荣昌盛的华彩乐章谱写了美妙的序曲。

　　他们的真实生活虽不见于史籍记载，几千年来却流传着很多关于他们的故事。如盘古开天辟地，女娲炼石补天，神农遍尝百草，后羿射日，大禹治水……这些迷人的故事不仅带给我们奇幻瑰丽的文学想象，还体现了华夏先民对自然世界的认知，对美好生活的向往，记录了他们走出蛮荒、迈向文明的艰辛历程。

这些带有神话色彩的人物，是在蛮荒的世界里披荆斩棘的英雄，是不怕艰险、不畏强暴、不惧牺牲的民族精神的化身。

他们的名字，他们的故事，如一幕幕传奇，经久不息地流传在华夏大地。他们，是中华民族的传奇人物。

他们的故事，如满天星斗，如沧海遗珍，都汇聚在这套《中华传奇人物故事汇》丛书里。我们将在这里见证他们的智慧、勇敢、顽强，追溯中华民族远古的源头。

目 录

导　读

　　黄帝生活在大约五千年前，先秦的很多文献，例如《国语》《左传》《老子》《庄子》《韩非子》《吕氏春秋》等，都记载过黄帝的事迹。在后世的不断演绎中，他被尊为神仙，甚至是天帝。

　　在《史记》中，司马迁鉴于神农之前的历史不可考证，故不记录燧人氏、伏羲氏和神农氏，而直接以黄帝为"五帝本纪"的开篇。按照太史公的记载，黄帝确有其人，本姓公孙，后改姬姓，也称之为轩辕氏、有熊氏、帝鸿氏，是古华夏部落联盟的首领，取代神农氏炎帝成为天下共主后，始号黄帝。

黄帝最辉煌的功绩，当属战胜蚩尤，并以包容的态度，将神农氏部族、有熊氏部族和东夷部族、苗裔部族、百越部族等统一融合起来，奠定了中华民族大家庭的基础。

　　黄帝是上古时期的一位伟大领袖。他带领华夏先民努力奋斗，不懈探索，在神农氏的基础上，进一步发展了原始农业，增加了可供种植的农作物品种，使黍、稷、菽、麦、稻的栽培方法得以推广，这成为养活百代延绵的炎黄子孙的主要食物。现在春节时，农家还会在谷仓贴上"五谷丰登"的吉语，即溯源于此。

　　黄帝还命部下创制了历法，指导人们的农业生产和生活作息，并有文字、音乐、纺织、居室等方面的一系列发明创造，大幅提升了生活质量，开启了华夏文明的开端。

　　黄帝与炎帝一起，被尊为中华民族的共同

始祖。其盖世功业，今天的炎黄子孙莫不谨记于心。

天下共主

　　人类早期文明都发源于大河流域，分散的氏族部落沿河傍水而生，有的像荷叶一样绽开，有的像水一样蜿蜒流动，各自寻觅发展壮大的时机和空间。

　　在五千年前的黄河流域，就生活着许多原始部族，其中以神农氏和有熊氏最为著名，他们都诞生于渭水上游地区。神农氏发展较快，得益于神农这位伟大的首领和英雄，神农氏族人较早就开始耕田地食谷物，尝百草治疾病。有熊氏那边却还是半游牧半农耕民族，一边过着饥一顿饱一顿艰苦跋涉的游猎生活，一边也效仿学习神农氏，放火烧出平地，充满希望地播撒下谷物种子。

可惜的是，有熊氏的运气很差，烧光山坡谷地里的草木容易，让光秃秃的地上长出谷物却很难。稀疏的谷物，根本无法让族人吃饱肚子。没有办法，他们只能不断迁徙，从一个区域到另一个区域，以找到一片肥沃的能盛产粮食的土地。

很多婴儿都是在迁徙途中出生的，黄帝便诞生于轩辕之丘，因此族人都称他为"轩辕"。黄帝是有熊氏首领少典的儿子，少典娶了有蛴氏部族的女子附宝为妻子。附宝怀孕时，夜空出现异象，从北斗七星的天枢星射出一道强光，把四野照得如同白昼。更奇怪的是，附宝足足怀孕二十四个月，才生下黄帝。黄帝出生的时候，紫气满屋，经久不散。黄帝七十天的时候，乳牙隐隐，还咬不痛奶头，他就会开口说话了。族里的老人都对少典说："这个孩子如此受上天眷顾，长大后一定会有一番作为。"少典也很高兴，向上天祈愿要把儿子悉心培养成杰出的首领，希望他能带领族人结束颠沛流离的游牧生活，安居乐业。

黄帝个子长得很快，简直是见风长，夹杂在比他年长的孩子们中间，聆听部落里的老人们讲故事，传授知识。他听得格外认真，领悟力高，记性又好，很快便显露出非凡的潜质。老人们也特别喜欢向黄帝提问。

比如："轩辕，你可知燧人氏、伏羲氏、神农氏各自有哪些功绩？"

"燧人氏发明了火，火能帮我们御寒，在深夜威慑野兽，煮熟食物。伏羲氏发明了渔猎，教我们捕捉水里的游鱼、空中的飞鸟和林间的野兽。神农氏发明了耕稼和百草药物，让我们得以安居并战胜疾病。"这些知识都印在黄帝的脑海里。

他们还会问："轩辕，你想成为他们那样的人吗？"

黄帝憋了好半天，才鼓起勇气说："我当然愿意啦。可是，怎么才能做到像他们那么伟大呢？"看到他有点闷闷不乐，老人们都笑了，安慰他说："只要你有这份心意，就算不能和他们比肩，也会做出一番实实在在的功绩，让族人们拥戴和感念你的。"

怎么才能做到呢？这成了黄帝一刻也放不下的心结。从此以后，不管走到哪里，遇到什么事情，他都会潜心琢磨：为什么会这样？怎么才能做得更好？族人们烧山，他站在高处观望风向和火势。族人们在开垦出来的土地上播种，他趴在地上研究草灰和土壤。由于离大河近，水涝经常将快要成熟的谷物一举摧毁，导致颗粒无收。如果离得远了，土地又会因为缺水而龟裂，谷物似乎越长越小，小到要被地面的裂缝吸进去一般。往往是辛苦一场，一无所获。目睹族人们对眼前谷物夭折的哀伤，为食物即将匮乏而起的惊惶，黄帝下定决心，一定要解决水涝和旱灾的难题。

黄帝十岁那年，发生了一件让他终生难忘的事情。干旱让谷物的叶子都变得枯黄，田地开裂，形成了巨壑，不要说细弱的谷物植株，即使是参天大树，在这片龟裂的土地上也无法生存。有熊氏垦地耕种的希望又一次落空了。

　　"肯定是我们烧山的时候有什么地方做得不对，得罪了火神，他生气降罪于我们，把土地里的水也烧干烧没了。"族人们一片哀号，他们不得不再次举族迁徙，离开这里，寻找适宜居住的土地。

　　让人更加难过的是，族里的一位老人因病去世，他的遗体被埋进这片遭到诅咒的土地。那是一个深受族人爱戴和孩子们喜欢的老人，知识非常渊博，通晓所有绳结的寓意。从三皇到神农氏的七十世，他都了然于胸。老人的去世，似乎把那些绳结的秘密都带走了。

黄帝尤其爱听他讲述的故事。比如：有熊氏和神农氏拥有同一个祖先，后来才分开繁衍，走上不同的发展道路。神农氏发展得比较顺利，较早地实现了农耕生活，成为部落联盟的共主。而有熊氏发展滞后，仍然保留着很多游猎习惯。

黄帝难忘老人去世之前，紧紧抓着自己的手，突然说："轩辕，还记得我跟你说过的共主吗？共主是联盟首领，从各部落的首领中遴选，向来是有德者居之。那么，神农氏主的是什么德？"黄帝认真地回答："神农氏主火德，所以他们的首领也叫炎帝，炎帝是天下共主，担负着联盟所有部落的责任。"其实，黄帝还知道，自己所在的有熊氏主的是土德。老人又叮嘱说："记住，天下共主，有德者居之。共主若不称职，部落联盟就会废黜他，另行推选一位贤良大德。"说完他用力捏了一下黄帝的手，好像把责任、力量和遗憾统统都注入到了黄帝正在发育的身体里。

族人们拖儿带女，手提肩挑，又开始往未

知的土地前进。黄帝恋恋不舍地回望，看到几只鹰隼在废弃的村落上空盘旋，它们肯定发现了什么，准备大快朵颐。黄帝心下不安，几个小伙伴于是陪他一道折回村落查看。原来几头野兽趁着人们离开，闯入村落，竟然把坟墓拱开，将老人的尸体拖了出来。这是因为土质太干燥疏松了，又由于人们远行在即，没法花更长时间在一旁陪伴看守，新坟的土尚未板结，很容易被野兽钻空子。

他们赶跑了野兽，又向空中扔石头，不让鹰隼靠近。这种猛禽体型巨大，并不畏惧人类，有的部落里甚至发生过鹰隼叼走儿童的惨剧。不过，有熊氏是游牧民族，投掷是男人们的强项，黄帝和小伙伴们也已经成为小勇士，眼力好，投掷准，力量足，鹰隼稍微逼近，就会受到石子与树枝的痛击，虽然不会造成重伤，但也掉落了好几根羽毛。

趁这工夫，黄帝他们将老人重新妥善安葬。

为了防止之后野兽再来惊扰死者，他们决定将墓地挖得尽可能深一些，这样盖上土后就会更严实更安全。黄帝挖啊挖，抬头已经只能看到天了，那些站在地面上的孩子提醒他："轩辕，快上来吧，再挖下去，只能把土抛上来，你人可就爬不上来了。"他这才作罢。黄帝拍拍手上的土，突然愣了一下——刚开始挖的时候，还是干燥的沙土，手上的灰拍一下就掉了，现在却是颜色更深的黏土，黏在手上要使劲搓才能搓掉。

当老人再次入土为安的时候，黄帝将鹰羽放在他的手心里。其他人很不解，问他："为什么要连羽毛一起埋呢？"黄帝解释说："我们赶跑了鹰隼，让它们受到教训，它们就不会再来侵犯。天上的鹰隼是比地上的野兽更可怕的动物，死者手里握着鹰羽，野兽们就不敢再来骚扰。"

这时有人看到黄帝手上残留的黏土，问："轩辕，你手上黏上的是什么？"他说："是土。"他举起手指嗅闻，隐约闻到一股土腥气。地表粉末状的泥土是什么气味也没有的。是什么让深处的泥土和表层的泥土有不一样的颜色和气味呢？黄帝不由得陷入了沉思。

那一年，黄帝十岁。他和有熊氏族人都不知道的是，前面就有一块丰饶之地在等待着。他们更不知道的是，迁徙了成百上千年，兜兜转转，他们注定再一次遇到神农氏族，两个部落的族人将再次融合为一体，就好像他们的祖先从未分开过一样。

祖先传说

　　有熊部落一旦踏上选择新家的漫漫长路，就像地上奔腾的流水一样，就像天上飘荡的云霞一样，不会轻易停下脚步。黄帝一行返回村子重新安葬老人的工夫，族人已经走得很远，但他们却一点都不担心，知道黄帝一行肯定能赶上来同大部队会合。因为长久以来的训练，黄帝已经熟知各种飞禽走兽在林间水畔草甸活动的印迹，更何况族人集体迁徙留下的明显痕迹呢？这些都是醒目的路标，保证他们不会迷路。黄帝他们一路紧赶慢赶，和前行的族人越来越接近。

　　与独行动物的谨慎相比，人类的群体性活动显得声势浩大，林栖的鸟类为此惊惶盘旋，地面飞扬的尘土即使已经平息，它们依然不敢投林；受惊的动物更是和林木草地化为一体，紧张地观察着人类迁徙大军的一举一动，不敢发出一点动静。爬过的山坡，涉过的溪流，披开的荆，斩断的棘，都透露出一个信息，一支人类的队伍曾行经于此，朝着远方坚定前进。在他们身后，一条路正在慢慢形成，也有可能重新被原野吞没。

很久以来，古老的氏族部落正是如此缓慢而坚定地发展，越来越壮大。人类通过放火开辟耕地，通过吃火烤的食物，通过树叶兽皮做成的衣服，和兽类逐渐分离开来。有些被焚烧一空的林地，由于不适宜耕种，被遗弃之后，重新长出树木，很快再次成为兽类的领地。

山风穿行在密林中，很像是巨熊的低吼。远古巨兽通常只在人迹罕至的深山老林里活动，据说有一种巨熊会一路尾随保护有熊部落，帮助落单的猎人化险为夷。几个孩子既紧张又兴奋，总觉得巨熊就在身后不远处的林子里朝他们张望。

"轩辕，跟我们说说祖先和巨熊的故事吧。"他们央求说，希望可以借此排遣旅途的无聊寂寞和莫名惊惧。

众所周知的传说是这样的：有熊氏的祖先以打猎为生，有一次和一头凶猛怪兽狭路相逢，在殊死搏斗中，巨熊赶来伸出援手，协助祖先一起战胜了怪兽。自此以后，心存感激的祖先便将巨熊奉为部落图腾，有熊氏就这样诞生了。有熊氏希望能从巨熊那里汲取力量、勇气和智慧，这也是他们一直坚持半农耕半游牧生活方式的原因。来自祖先的训诫和启示，是很难被忘记和否定的。

黄帝的讲述因为融入了更多和熊相关的知识，显得绘声绘色。

"在很久以前，森林覆盖着大部分地面。有时候为了获得更多的战利品，我们的祖先要冒险

有熊氏的祖先有一次和一头凶猛怪兽狭路相逢，在殊死搏
斗中，巨熊赶来伸出援手，一起战胜了怪兽。

深入山林腹地。在那里，连绵的林木遮天蔽日，密不透风，静得连脚下踩到枯枝败叶发出的咔嚓声，也仿似惊雷。勇敢而强壮的猎人屏气凝神，小心留意着周围的动静。突然，一只鸟儿也不在树枝上鸣叫了，一个虫儿也不在草丛中啁啾了，空气仿佛凝固了。他浑身冒汗，把投枪更紧地攥在手中。

"在这样既熟悉又陌生的环境里，只有投枪是他最可靠的盟友，帮助他战胜过无数强大的野兽。可是，这次遭遇的对手实在太过凶悍，它站立起来像山崖一样高，毛发比青苔还滑溜，皮肉比岩石更坚硬。怪兽能轻易地把树木连根拔起，它的吼声让整个地面都在颤动。搏斗开始了，我们的祖先使用投枪，怪兽则挥舞树干。这真是一场惊心动魄的大战。怪兽凭借猛力，肆无忌惮地大举进攻，猎人则凭借着灵巧，咬牙和怪兽周旋。渐渐的，猎人体力不支，越来越落下风。此时怪兽的每一次攻击，都可能是致命一击。他真希望能有族人及时出现，和他并肩战斗，那样他就有信心把怪兽打败杀死。

　　"就在这危急关头，一头巨熊出现了。它的力量、敏捷、抗击打能力，与怪兽不相上下。趁着巨熊与怪兽缠斗在一起，猎人迅速调整、恢复体力，也加入了战团。瞅准机会，猎人将投枪刺进了怪兽的右眼窝，一只眼球掉了出来，鲜血喷涌而出。怪兽视力受阻，再也阻挡不住巨熊的攻击，在巨大熊掌的连续击打下，晕头转向，砰然倒地，气绝而死。巨熊将两只前掌按在怪兽的尸体上，昂首发出胜利的吼叫，似乎在宣告谁才是山林的真正主宰。

　　"猎人目睹巨熊缓缓消失在山林深处，心里充满了敬畏和钦佩。他似乎第一次真正认识和了解巨熊，它拥有自由的天性和令人敬畏的勇力，在温暖的季节储存食物，在寒冷的天气进入冬眠。熊似乎一直在用自己的行动诠释领袖和守护者的真谛。猎人带回来的怪兽尸体让全族振奋，所讲述的巨熊援手经过更是鼓舞人心。伟大的族群需要不断提振士气，凝聚人心。巨熊既然帮助族人战胜一头怪兽，就能帮助族人战胜千千万万头怪兽。巨熊不仅为族人提供庇佑，也是族人亲密的盟友。"

说到这里，黄帝问小伙伴们："这是有熊氏最为著名的传说，熊因此成为我们信仰、力量和勇气的来源。可是，你们知道吗，熊和我们真正的紧密关系是什么？"

几个人正听得津津有味，一时反应不过来，不知如何回答。

黄帝接着说："熊既能灵巧地采摘浆果，也能勇武地进行捕猎，而我们则是半农耕半游猎。这是第一点。熊有自己的领地，平时温顺憨厚，一旦受到外来侵犯，就会奋起反击，直到把敌人赶跑。这也是我们有熊氏一直遵循的原则。长久以来，我们不断向熊学习，变得善于攀爬、跳跃、奔跑，精于格斗、投掷、击打，就是为了防患于未然，以抵御外侮，保护族人。"

小伙伴们忍不住问："真的会有敌人出现吗？我们的敌人又是谁？"

黄帝说："我们的敌人很多，包括不能长出庄稼的土地，不可控的干旱、洪涝灾害，林间隐藏的凶残食人兽，这些都是危害我们生存的潜在敌人。同样，在寻找栖居地的其他部落，也有可能会因为水源、土地和食物问题，与我们产生不可调节的矛盾，成为不共戴天的敌人。部落之间本该同心协力，互帮互助，结成同盟，就像有熊氏和巨熊联手打败怪兽一样，共同迎来发展、壮大、繁荣。你们都听说过市集吧？在市集中，各个部落都会拿出自己多余的物资，与他人进行交换，鱼可以换猪，浆果可以换粟，麻布可以换铜，陶器可以换饰物，盐可以换药草。其中，盐和铜是最受欢迎的，因为它们比较稀有，都是从很远的地方运来。

在经过一处水源的时候，他们看到了斑鹿、野兔、羚羊的骨骸。它们肯定是在饮水的时候，不小心遭到了猛兽的伏击。黄帝说："动物们都知道在低头进食的时候最危险，很容易遭到攻击。水源处往往隐藏着可怕的敌人，但为了生存下去必须涉险。毕竟，生命一刻也离不开食物和水。就像我们有熊氏一直临水而居。有些动物很聪明，会反复踩踏林中潮湿的地面，慢慢地，脚印里便会渗出水来，虽然不多，但也足够解渴，关键是成功避开了水源处的重重危险。动物们都是在斗争中不断积累生存技巧和智慧。"

他们就这样一路说着祖先的事迹和人类的现状，终于赶上了前行的族人。

轩辕崛起

日月更替，寒暑往来，经过长时间的艰苦跋涉，有熊氏沿着姬水，一路前行，到达了河南中部的新郑地区。这里遍布沼泽湖泊，水草丰茂，盛产鱼类和螺蛳，加之禽兽众多，很适合渔猎，有熊氏于是在此处定居下来。

年轻的黄帝成为部落的新首领。他一边带领族人积极探索农作物种植方法，为此还曾经专门向善于播种的老人求教，学习如何选种，如何控制植株疏密，如何有效防范水涝旱灾，如何治虫防病；一边督促部落中的成年男子加强练习射猎的技能，甚至组织了一支常备军，常年警戒，坚持不懈，作为部落的护卫。

有熊氏的到来惊动了当时的共主炎帝。由于很多部落都已经发展壮大，此长彼消，神农氏的实力渐渐衰弱。炎帝对远道而来且颇有尚武精神的有熊氏十分忌惮，便传令给九黎部落的首领蚩尤，想要借助他们的势力，有效压制甚至不惜驱赶有熊氏。

　　九黎部落一直和神农氏部落混杂而居，很早就学得了神农氏先进的农耕文化。不仅如此，有一次山上突然发大水，卷走了表层的水土，泛着黄色的金属矿便显露出来，蚩尤部族就这样获得了铜。随着对铜矿的认识逐步加深，他们率先发展出采集和冶炼的技术，并用来制造铜剑、铜矛、铜戟。部落勇士人人都能够手执铜制兵剑，大大提高了作战能力。九黎之民本来就强悍好斗，现在又掌握了犀利的武器，更是如虎添翼。炎帝刻意拉拢和重用他们，委以监督四方的重要职责。随着有熊氏的势力逐渐壮大，炎帝便命令蚩尤迅速侵入他们的领地。

蚩尤并非良善之辈，加之素来耀武扬威惯了，自然同意对初来乍到的有熊氏来个下马威。同时他也怀有私心，想通过武力的威逼让有熊氏归顺依附自己。可他万万没有料到的是，有熊氏并不是任人拿捏的软柿子。他们虽在田地耕作，但不像神农氏那样退化为孱弱的农民；他们在林间捕猎，也不像游牧民族那样稍微感到压力和危险就一触即溃，另觅居住地。有熊氏不仅有战斗力，还训练有素。相较于其他手到擒来、望风披靡的部落，有熊氏并不是那么容易对付。蚩尤自忖，即使能够打败有熊氏，自己肯定也会付出相当的代价。这可不是蚩尤愿意看到的。两虎相争，必有一伤，到时候得利的反而是炎帝。他可不愿意让他得这个便宜。

因为打着这样的如意算盘，蚩尤看出有熊氏早有防范，便告诉黄帝，自己只是奉炎帝的命令，前来监领东方，根本无意冒犯和得罪有熊氏。既然新郑地区在黄帝的治理下一派安康繁荣，他也就完成了使命，乐得回去向炎帝复命。蚩尤借此次远征，沿途又招降收服了很多原本属于神农氏的部众，进一步削弱了炎帝的实力。对黄帝来说，不需要向蚩尤亮出熊的尖牙利爪，这让黄帝感到满意，也更坚定了他以师兵为营卫的决心。同时，黄帝立即派人前往拜见炎帝，重申有熊氏承认并坚决拥护炎帝天下共主的地位，以安其心。

蚩尤的这次来犯，虽然来势汹汹，却不战自退，部落民众都很高兴，他们因此更加信服黄帝，称颂他是上天赠送给有熊氏的礼物，肯定能够像巨熊庇佑祖先一样给族人提供保护。黄帝却忧心忡忡，他再次想起祖先传说，意识到蚩尤可能就是那头可怕的怪兽，迟早会亮出利爪，对有熊氏和神农氏发动无情攻击。在炎帝和蚩尤之间，战争的迹象已经显露无遗，注定无法避免。当战火来临，他显然应该支持炎帝。或者说，他必须说服并确保自己能够承担起巨熊的角色，联合炎帝共同对抗蚩尤。

蚩尤退兵后，黄帝立即召开部落会议，集体商讨对策。负责在市集以物易物的属官隶首告诉轩辕，蚩尤部族不仅掌握了先进的冶铜术，还控制着为数不多的盐井，这些都是当时最重要的生活和生产物资。

黄帝脸上的表情更加凝重了。他很清楚，人一旦吃不上盐，就会四肢乏力，还会生病，连耕织渔猎都难以为继，更不用说行兵打仗。与铜制兵器相比，石制兵器不堪一击。假设蚩尤与有熊氏之间的战争现在就爆发，有熊氏在兵器上全面落后，几乎毫无胜算。关键的问题是，怎么才能够快速储存盐并大量换取铜，以备不时之需呢？蚩尤可不傻，自从他把控了盐和铜后，同等的食物和麻布能够换取到的铜和盐就越来越少了。当蚩尤不断尝到可以通过战争而不是集市贸易掠夺更多食物和麻布的甜头后，他绝对不会轻易罢手的。

该怎么办呢？蚩尤对神农氏的领地虎视眈眈，已经天下皆知。唇亡齿寒，神农氏一旦兵败，下一个遭殃的肯定是有熊氏。自己的族人历经千辛万苦才找到适宜久居的地方，难道又要在刀刃的威胁下被迫离弃，重新过上辗转颠簸流离失所的生活吗？不！黄帝暗暗下定决心，既然上天让他成为部落首领，他就必须承担起首领的责任。既然族人有望在新郑地区过上幸福的生活，他就一定要确保这里的安全。他要像巨熊保护领地一样，全力抵御外侮。现在的问题是，必须赶在蚩尤再次侵犯之前，做好周全的准备。战争不仅需要士兵，还需要武器，更离不开粮食。

趁着蚩尤和炎帝都无暇他顾，黄帝赢得了宝贵的时间，可以稳定和拓展根据地。黄帝又决定向西向北进发，扩张自己的领地。种植面积大了，粮食自然丰足。至于士兵，必须更加严格地训练他们的体魄和精神，平时不至于耽误耕种和渔猎，一旦战争爆发，立即就能投入战斗。有熊氏的强项是投掷弹射，黄帝责令部落里两个最优秀的武器专家——挥和夷牟，全力以赴，改良传统的陶制镞头、弹丸、掷球。他们最终发明了弓和矢。弓矢的日益完善，使得远程精确攻击成为可能，在狩猎中大家的射术更是不断提高。有熊氏终于拥有了自己的秘密武器。两兵相交，难免要近身搏斗，短兵器会更加有效。在石制兵器的基础上，必须尽量增加铜兵器。战争的临近带来危机感，族人们都愿意省下一日三餐的口粮，以便在集市换取更多的铜。尽管黄帝心里明白，这是无奈之举，也是下下策。

万众一心的团结，高瞻远瞩的备战，让有熊氏士气高涨，不再惊惶不安。就在蚩尤谋划取代炎帝成为天下共主的时候，他没有想到，曾经让炎帝和自己都忌惮三分的有熊氏，已经在中原地区迅速崛起。

新郑定居

　　很小的时候，黄帝就知道：树杈间坚固的鸟巢总会迎来飞鸟安家其中，而那些破败的鸟巢不会有鸟类愿意去大修小补；熊一旦找到了适宜冬眠的洞窟，就绝不轻易更换住所。这些温暖、结实、牢靠、安全的巢穴，更容易让居住者产生深深的依恋，无法轻易割舍离开，并激发出更强烈的保护欲。

　　在口耳相传的祖先迁徙史里，在亲身经历的漂泊流浪途中，黄帝明白了一个道理：人们不会在不适合定居的地方花很多心思修葺住所；反之亦然，草草搭成的浅陋茅屋不会让人心有所系，也不会以此为圆心尽心尽力去周边垦荒种植，更无法让远近的族人心向往之。愈是轻易停驻逗留之处，愈不可能成为长久的栖居地。人们任性放火烧荒，随意播撒种子，然后坐等植株成熟。这是典型的望天收。如果上天保佑风调雨顺的话，则迎来丰收，那么就在此地再多待一年；若是灾年歉收，便毫不留恋地迁往别的地方。

黄帝在那时心中便存下疑问：倘若脚下本是丰饶之地，只是偶尔一次收成不好，便断然离开，这是明智之举，还是令人遗憾的行为？良田尚需精耕细作，更何况刚刚烧荒出来的土地？他多么希望族人能够保持足够的耐心，与眼前的土地长久相伴，多洒几年汗水，看看大地会馈赠什么珍贵的礼物。当然，在贫瘠的土地上肯定不应该浪费时间，可是，在肥沃的土地上难道不值得坚守吗？怎么才能够牵绊住族人那渴望匆匆离开的双腿呢？

房子。黄帝很快找到了答案。每一次迁徙，

族人把能带走的物品都带上了，工具、食品、衣物、武器，留在原地的是房屋，还有地下的墓室。相比于废弃的房屋，族人更挂念的是亲人的魂灵，所以他们更愿意相信，尸体虽然会腐烂，而魂灵却一直和生者在一起，流浪，流浪。

最好的方法莫过于，不仅要让生者安居下来，也要让魂灵停止漂泊。除了为生者建造华美的房屋，还要为死者修筑讲究的墓室。墓室里再也不要除了一具尸骸，此外便空无所有，而是要放置一些陪葬品，以便死者在墓室里依然像活着的时候一样生活，各种需要都尽量给予满足。生者比邻而居，形成村落。死者统一下葬，形成墓葬群。这样一来，大家安居乐业，谁也不会轻易再动离开的念头了。不轻言放弃，便会舍命相护。如此一来，即使有比蚩尤更厉害的敌人入侵，也会遭到众志成城的坚决抵抗。

有熊氏此前居住的房屋大多是半地下建筑，

类似草棚，多呈圆形、方形或长方形，地下另外挖掘出窖穴，用来贮藏粮食或其他用品。这种房屋搭建起来容易，迁徙时废弃也毫不心疼。黄帝在此基础上做了很大的改进，半地下改为地上，有梁有柱，有门有窗，最关键的是，屋内增加了火塘，里面可焚烧木材，冬天时取暖的效果很好。

等到了新郑地区，黄帝下定决心率领族人在此定居，发誓要将这里打造成族人再也不忍心抛弃的家园。他有意将自己的房屋建筑得华美、宽敞。部落中其他重要人物，像常先、王亥、共鼓、宁封子、胡巢、于则、伯益、羲和、常仪、伶伦、容成、伯余等，也纷纷在黄帝的房屋附近建造自己的家园。为了表示对黄帝的尊重，他们的房子都会小上一圈。就这样，一排排房屋像涟漪一样蔓延开来。短短几年时间，新郑地区作为有熊氏的栖居地，再也不是一个简单庞杂的村落。与此相应，众多有识之士紧密团结在黄帝周围，一起出谋划策，分工合作。有熊氏欣欣向荣，呈现出全新的风貌。

新郑地区成为有熊氏的中心，更多散逸在外的部落族人源源不断地聚拢过来，因为在这里不仅有更好的房子住，还有更好的衣服穿，而且不管在哪里，地里的庄稼都能茁壮成长。一时间，到处都在传颂黄帝和他妻子的美名："公孙轩辕把水脉，地底圣泉永不断。嫘祖种桑把蚕养，抽丝编绢真好看。"据说黄帝开了天眼，不仅能够看到地下隐藏的河流，还能命令它们不再流动；嫘祖饲养一种白色的虫子，会让它们张口吐出丝线，可以制成漂亮轻盈的衣服。天佑有熊氏，真是太神奇，太振奋啦。

伯益凿井

政通人和，则能怀远。

随着归附黄帝的族人越来越多，属官伯益的压力越来越大。作为黄帝最为得力的部下，他既负责耕地用水，也掌管居住地的生活用水。那时面临的问题，无非是旱和涝。旱引涝排，上依天时，下循地利，再用人和。常见的小问题，他个人完全有经验和能力去妥善解决；罕见的大灾难，那就必须依靠整个部落去抗灾，这时黄帝会亲自统筹安排，帮助伯益。这些都有章可循，倒是生活用水的老大难问题，让他束手无策。几十上百人的村落还好说，在村旁挖个大坑，只要天上下雨，水就能贮满，足够使用。成千上万人，像新郑这样规模的，几个池子的水完全就是杯水车薪。几天不下雨，池子的水就见底，弄得人心惶惶。干旱再久点，人人嗓子眼都冒烟，个个都像是夸父。安排人手去河里担水吧，既影响耕种打猎，也妨碍行伍操练。伯益尝试了很多方法，但都不见效，焦虑影响了了睡眠，他常常在半梦半醒之间感觉自己躺在一条奔腾的大河之上。"如果能把城镇建立在一条大河上，那该多好啊!"他美滋滋地想，醒来不免惆怅。

问题迟迟得不到解决，他向黄帝请罪，准备辞去这个职位。

"水一直是大问题，数十代人几百年时间都没能解决，你无须太过自责。只是遇到困难就辞官，这并不是解决问题的方法。如果辞官对解决问题有帮助，那我不做部落首领，岂不是更有效?"黄帝半开玩笑地安慰伯益:"我听人说，你为此事殚精竭虑，夜不成寐，迷糊中竟然觉得自

伯益尝试了很多方法，但都不见效。他常常在半梦半醒之间感觉自己躺在一条奔腾的大河之上。

己躺在大河之上？"

伯益很尴尬，解释说："哪里是河，是我太过紧张，出了一身的汗，汗水流到身下，才产生这样的错觉。"

"错觉好啊，错觉有时候就是灵感。往往想破了脑袋都没用，灵感一来就豁然打通。挥有段经历，我说给你听。他为了改善投掷术，苦思琢磨，穿行在林间，脸上被枝条抽打出条条血痕，还浑然不觉。经人提醒，才感到脸上火辣辣的疼，却顾不得擦药止疼，哈哈笑着又冲进林间，再走出来时，不光脸上，连身上都是枝条抽出的印子。原来，他感受到枝条折弯之后复原产生的弹力，这正是他苦苦寻找的。猎人在野猪经过的途中，把削尖的树枝弯曲插入泥中，野猪触动树枝，不是被洞穿肚腹，就是被弹向空中坠地而死。挥因此发明了弓，为部落建立了大功。"黄帝想到挥为了研制弓而如痴如醉，不觉莞尔。

伯益也乐了，说："我的才智可比不上挥。众人都称赞他是控弦霹雳。"

黄帝说："你们都是部落的骄傲。分工不同而已，对部落的贡献都一样。"

伯益想到生活用水问题依然存在，眉头又开始紧锁起来。

黄帝打趣说："看你眉头皱成这样，像是要绞出水来。"

伯益叫苦："要是绞出水来倒好了，只怕都是眼泪。我现在真是哭都哭不出来了。"

黄帝说："你的梦倒让我想起多年前的一件旧事。说不定我们脚下真的流淌着一条河呢。很多年前，我和几个同伴在一次迁徙之前埋葬一位老人，为了防止被动物吃掉，我们特意挖了一个很深的坑。在填土之前，我还在他的手里塞了一根鹰羽。这几天，也许是受到你所做之梦的启发，我也做了一个梦。我梦见那根鹰羽，既像悬浮在黑暗的虚空里，也像漂浮在黑色的水面上。我就寻思，也许地下深处，真的隐藏着一条黑色的河流。要不然，为什么我们在翻地时，下层的土总是要比上层的土显得色深潮湿呢？"

伯益眼前顿时一亮，兴奋地说："原来如此，我明白了。"说完，他便风风火火地走了。

等到伯益迎来第一口出水的井时，黄帝亲自到场予以表彰，说："我不清楚伯益在此之前挖了多少个洞，每个洞具体挖了多深。我只知道，功夫不负苦心人。这不仅是伯益的大功一件，更是上天庇佑我们，专赐水脉，从此有熊氏定能繁荣昌盛，绵延不绝。"

井水居然比河水更加清甜可口，这让族人更

是喜出望外。为了保证井水的洁净，还加上了井盖。有了成功的经验，就抓紧时间推广，伯益很快组织人手在新郑地区挖了更多的井，足以满足所有人的生活用水。至于经常遭受干旱的农田，也能依靠田边的井水灌溉获得丰收了。

嫘祖劝蚕

挥虽然发明了弓，但还不是很成熟。植物的枝条的柔韧度和弹性都不一样，制成的弓的射程也大不同。试来试去，挥发现桑枝更适合制造弓，而且桑树比较常见，可以大批量生产。因此，弓也被称为桑弓。

为了制弓，族人们砍伐了大量桑枝回来。细心的嫘祖发现有的桑枝上挂着白色的卵形果子，她感到好奇，仔细察看，原来果子不是结在枝条上的，而是有几股细丝将它和枝条缠绕在一起。丝比头发还细，亮晶晶的。摇一摇果子，里面咔嗒咔嗒响。捏一捏果子，里面似乎含有一颗柔软的核。

以前嫘祖和姐妹们去采摘浆果，在桑枝上见过乌红的桑葚，却很少留意这种白色果子。她把这些白色果子都收集到一起，想要看看里面究竟有什么。她用陶刀在果子上切开一个口，从里面倒出一条发僵的虫子，果子瞬间变得非常轻。也许这一枚枚白果就是虫子的葬身之所。嫘祖感到很伤心，不愿意再破坏它们。又过了一段时间，奇怪的事情发生了，所有的果子都自动裂开一个口子，里面空无一物，房间里却多出很多只灰白色粉蛾，一碰到就沾上满手粉末。这些粉蛾在墙上产出很多极其细小的卵后就飞走了。

现在，只剩下嫘祖对着打开的果子和虫卵长时间发怔。聪明的嫘祖很快醒悟过来，果子里面的虫子其实没有死，只是类似于熊在冬天的长眠，一觉醒来后，它就变成了粉蛾，产下了密密麻麻的卵。果然不出嫘祖所料，卵孵化后，幼体很像缩小了的僵化虫子。这些虫子以什么为食物呢？既然白色果子是在桑枝上发现的，它们很有可能吸食桑树的汁液，或者吃桑叶。嫘祖将带有桑叶的柔枝覆盖在幼虫上面，很快这些幼虫聚拢到了一片片桑叶上。原来，它们爱吃桑叶。小家伙们不知疲倦地吃着桑叶，很快长大了。看着虫子青白色的身体，嫘祖忍不住拿起一条放在手上。肉色的虫子近乎透明，里面像是装满了丝。很快，又发生了一件让嫘祖大开眼界的事。长大的成虫开始昂头吐丝，将身体完全绕了进去。真不敢相信这么细的丝是从它们嘴里吐出来的。两三天之后，一枚枚白色的果子再次出现在嫘祖面前。

"我明白了。"嫘祖洞悉了虫子的秘密，"虫子就在果子里面，果子的壳就是它用丝一圈圈一层层缠绕起来的，然后它会变成粉蛾从果子里钻出来。我虽然不知道在虫子身上究竟发生了什么，但毫无疑问是它吐出了又长又细的丝。也许，我该想办法把这根丝抽出来。这样的话，用制作麻布的方法，不就可以造出丝布来了吗？"

嫘祖找来负责纺织的属官伯余，商量怎么把

看着虫子青白色的身体，嫘祖忍不住拿起一条放在手上。
肉色的虫子近乎透明，里面像是装满了丝。

果子里的丝抽出来。伯余出主意说："既然是一根长丝，只需找出头尾两根线头就可以。"可是从哪里找得到线头呢？两个人一筹莫展，向黄帝求助，因为黄帝是整个有熊氏部落里最睿智的人。黄帝也没有见过这种神奇的虫子，但是很赞同嫘祖制作丝布的想法。他捏着白色果子，先放在鼻子下嗅嗅，又举到眼前看看，还在空中摇一摇，听到里面咔嗒咔嗒的声音。

黄帝沉吟再三，问伯余："纺车织布的时候，线是怎么能够牢牢地压在一起的呢？"

伯余说："那是因为有经有纬，一道经线压一道纬线，互相间隔开来，仔细压紧，就能织成布了。"

黄帝又问嫘祖："根据你这些日子的观察，虫子吐丝的时候，也是一道横线一道竖线这么绕的吗？"

嫘祖摇摇头，她觉得虫子吐出的丝连成片后特别像天上的白云。

黄帝说："我想我知道原因了。我小时候摘过蜂巢，也曾缠上过蛛网。这种虫子刚吐出来的丝是黏的，所以能够黏在一起，干了之后就不黏了。这样的话，只要煮水浸泡，就能让丝化开。"

嫘祖和伯余用这种方法，果然获得了丝。等到丝足够多，嫘祖便织出了第一匹丝帛，做出了第一件丝绸服，把美丽的衣服献给了黄帝。黄帝穿上这件衣服，感到既轻便又保暖。他很高兴，又感到有些遗憾，对嫘祖说："可惜制造一件这样的衣服，需要花费的时间太长了。如果族人都能穿上，那就太好了。"

嫘祖说："前面摸索的时间长，后边就会快很多。粉蛾生的卵非常多，孵化出来后，只要我们好好饲养它们，吐出的丝越多，粉蛾就越多；

粉蛾越多，生的卵就更多，到时候我担心桑树太少，桑叶不够它们吃了。"

黄帝说："这个你不用担心。我们可以扩大范围寻找桑树，同时栽种更多的桑树。"

嫘祖提醒黄帝："那样一来，挥那边制造桑弓的进度，可能就要受影响了。"

黄帝说："这个不妨事，他可以寻找其他的造弓良材。桑树现在更重要，丝会派上大用场。这样的丝帛和绸服，在集市上肯定会非常受欢迎。用丝帛、绸服来换取粮食、铜和盐，必须抓紧进行。"

嫘祖说："我明白。我会立即向大家传授经验，鼓励部落里的女人们都来养虫子、缲丝、织帛、制作绸服。"

丝帛和绸服在集市上果然抢手，为有熊氏部落换回了大量金属、盐和食物。有熊氏的勇士们终于也能配备上先进的铜制兵器。强弓发出的金属箭矢，甚至能穿透岩石。现在即使蚩尤进犯，有熊氏也有信心与之一战，让他们尝尝苦头了。

炎帝求援

　　在黄帝致力于有熊氏部落发展壮大的时候，蚩尤对炎帝正式宣战了。战争很快呈现一面倒的局势。炎帝威望不再，连很多神农氏自己的部族也不听他发号施令，根本无法组织起有效的抵抗，在蚩尤的猛烈进攻下节节败退。蚩尤这次发难，联合了九黎八十一个部族，准备充分，势头强盛，很多部族望风披靡。在涿鹿之阿，两军发生遭遇战，炎帝被打得落花流水，溃不成军。炎帝之号，黯然失色。蚩尤一举占领了炎帝的大部分领地，还将很多神农氏的部族收编整顿。

　　蚩尤把炎帝赶跑后，图谋自己做天下共主。消息传到了新郑，黄帝夜不成寐，苦思对策。他没有料到炎帝民心尽失，输了个底朝天，面对蚩尤的军队完全不堪一击。即使炎帝是空架子，但蚩尤的军事实力确实也太强了。

嫘祖安慰他说："这是因为炎帝过于倚重蚩尤，让他监领四方，蚩尤拥兵自重，力量得到了增强，而炎帝的实力却大幅削弱。等到蚩尤起了异心反意，炎帝身边既没有常规的军队，也无法及时做好充分的战事准备，肯定处于劣势。一方是精心备战，一方是仓促迎敌，结局自然不难猜到。而我们有熊氏自从定居新郑以来，一直居安思危，行伍操练也从来没有懈怠过。蚩尤虽然可以轻易打败炎帝，想要对我们如法炮制却很难。他肯定不敢贸然向我们宣战。蚩尤现在一门心思想要做共主，内部要处理的事情堆成山，暂时肯定不会给自己另外找麻烦。"

黄帝说："这点我也想到了。但怕就怕他先谋共主之位，再来攻打新郑。等到他把炎帝的部族全都收编整治，稳定了后方，到时候如果联合起来攻打我们，我们的胜算就更小了。而且到了那时，他若以共主的名义让我们投降，我们也不能公然违抗。投降吧，他不费吹灰之力便达到目的；不投降吧，他正好出师有名，必定会集合全天下的部族一起攻打新郑，咱们就太危险了。"

嫘祖也忧心起来，问黄帝："那我们该怎么办呢？"

黄帝说："他不主动攻我，我还偏要主动去打他。我们千万不能给他时间修整壮大，更不能坐看他顺顺利利成为共主。"

嫘祖被彻底弄糊涂了："打？我们怎么打？打得过吗？"

黄帝斩钉截铁地说："打！必须打。打不过也要打。我现在在等一个人，这个人一来，我们有熊氏就要向九黎的蚩尤宣战了。"

这个人很快就来到了新郑。他是炎帝悄悄派出的特使，全权代表炎帝向有熊氏求援，渴望有熊氏与神农氏结盟，共同抗击蚩尤。

特使说："蚩尤发动叛乱，攻我不备，才使我们败退。现在蚩尤占领了炎帝的大部分领地，神农氏族人稍有反抗与不满，蚩尤就实行严酷的刑罚。除此之外，类似刺刑、杖刑、蛇刑等酷刑，数不胜数，民众生活在水深火热之中，苦不堪言。蚩尤的残暴，由此可见一斑。历任共主，都遵行忠礼仁信，敬畏天地，待民如子。蚩尤反叛炎帝是不忠，仗势欺凌其他部族是不礼，与民为敌是不仁，霸行欺市是不信。这样的人怎么能够成为天下共主呢？那样只会是天下万民的灾难。炎帝此次让我前来，是想同您结盟，请您一定要以天下苍生为重，解救万民于水火。神农氏和有熊氏说起来颇有渊源，我们拥有共同的祖先，打断骨头还连着筋呢！全天下的人都坚信，现在能够和蚩尤抗衡，彻底打败他的，只有黄帝您了。"

黄帝说："炎帝宽仁，蚩尤狡猾。狡猾的人会暂时占优势，宽仁的人终究会厚积薄发。炎帝现在虽然落败，但他依然是天下的共主；蚩尤即使打了胜仗，终究也只是九黎部落的首领，不能与炎帝相提并论。既然炎帝牢记我们共同的祖先，不忘同宗血缘，有熊氏自当和神农氏结盟，共同对抗敌人。"

特使闻言大喜，提醒黄帝："我们和那蚩尤交过战。蚩尤的族人凶猛同虎豹，个个骁勇善战。更需要警惕的是，他们披甲戴盔，寻常的武器几乎对他们造不成伤害；而他们自己手持的却是铜兵器，比石头更重，比棍棒更坚固。说起来，我们确实掉以轻心了。蚩尤早年间替炎帝镇守四方的时候，我们就知道他率领的是一支重甲武装，但从来没有想过这支部队会反戈一击。"

黄帝说："一旦开战，一定要以命相搏，不到最后绝不言败。我们不会因为敌人的武器装备精良就未战先怯的。不过，我担心的是，现在有一些不利的传言，说蚩尤部族铁齿铜牙，以卵石为食，鼻孔会喷烟，对我们的族人产生了很不好的影响，动摇了信心。我想请问贵使，真实情况究竟是怎样的呢？"

特使说："这就要说到蚩尤的历史了。最初，因为山上出现了铜，炎帝命令蚩尤率领他的族人去采铜冶炼。开采铜矿，就要敲碎矿石，所谓食卵石，不过就是用筐把碎石抬出倒掉，被人误以为他们采集卵石就好像我们采集浆果一样，是用来当作食物的，其实谁也没有亲眼见过。至于鼻孔喷烟，那也不奇怪。冶炼铜的时候，需要燃烧木炭。有些木炭不易燃烧，会生出浓烟，把他们的手脸都染黑，造成了嘴巴鼻孔都能喷烟的错觉。其实，蚩尤也好，他的族人也好，都跟我们一个样，都是两只眼睛，两个鼻孔，一张嘴，两个耳朵，两只手，两条腿，并没有丝毫的不同。要说不一样，那也是品德上的不一样。他们是穷凶极恶之徒，而我们是品德高尚的人。"

特使这么一解释，黄帝很高兴，说："贵使这么说，真是帮我解开心里一个大疑团。贵使说得好。蚩尤不是怪兽，他们跟我们一样，是人。我还想请贵使帮我一个忙，可不可以把刚才说的那番话向我的族人广为宣传？如此一来，他们就不会在心理上惧怕敌人了。"

特使说："我正要向您讨要差使呢。临行前，炎帝明确交代，如果您同意结盟，我就留在您这边，以便充当联络，和炎帝保持联系。"

黄帝说："理应如此。只是辛苦贵使，担任联络官之外，还请多多费心大力宣传。在打败蚩尤之前，先打破蚩尤的神话，给我的族人去掉心魔。"

特使说："请您放心，我们既然已经结盟，这些就都是我义不容辞的责任。"

黄帝说："既然贵使帮我释疑，我也给贵使服一颗定心丸吧。"

听到黄帝这么说，特使惊讶极了。

黄帝带着特使参观了武器库，一排排铜制的剑、矛、戟闪闪发光。在冶炼处，铜在高温煅烧下化成汁，源源不断地流进各种模具。忙着冶炼的匠人们光着上身，汗流浃背，脸上和背上都是一道道黑灰。信使咋舌，他没想到有熊氏竟然拥有这么多铜。黄帝解释说："这些都是近几年从各地集市换回来的。拿我们生产的丝帛换取铜，算起来我们还是吃亏了，丝帛可比铜值钱多了。"他又问特使，"贵使请看，这些工匠也是大花脸，忙着搬运碎石，他们与蚩尤之徒可有什么不同吗？"特使乐了，说："我看他们比蚩尤的族人更加骁勇。”

黄帝又带特使去射箭场。在挥和夷牟的不断努力下，此时弓箭更臻完善，射程已达百步。百步开外，摆放着一排草人。一些军士正在练习射箭。开弓如满月，箭去似流星。一支支箭都准确地射在靶子上。如果眼前站着的是蚩尤，只怕转眼之间就会被射成一只刺猬。特使心里暗自惊叹：单凭这弓箭，就足以和蚩尤掰掰手腕了。

旁边是驯马场。王亥正在和手下人驯马。几十匹马沿着围子奔跑，喷着鼻息，所到之处尘土飞扬。特使没见过这样的场面，吓了一大跳。他曾经见过驯狗和驯猪，却没有见过驯马。黄帝笑了，告诉特使：“我们有熊氏不仅驯马，还驯牛。我听说在遥远的西方，还有部落驯我们从来没有见过的动物，比牛和马更高大，有大大的耳朵，长长的鼻子，尖尖的牙齿。”特使骇然，嘴巴半天合不拢，问道：“那是什么怪兽？”黄帝说：“再

如果眼前站着的是蚩尤，只怕转眼之间就会被射成一只刺猬。

高大的怪兽也有弱点，就像蚩尤一样，只要找到方法，我们就能驯服战胜他。"

征伐蚩尤

　　既然已经和炎帝结成联盟，黄帝特意让人把这个消息放出去，很快天下人都知道，有熊氏黄帝联合炎帝，向不可一世的战神蚩尤宣战了。之所以这样做，黄帝认为有两个好处：第一，还没有归顺蚩尤的神农氏部族一定会加入有熊氏，这将极大地增强黄帝的实力；第二，那些被迫向蚩尤投降的神农氏部族一定会产生二心，这在一定程度上对蚩尤形成了牵制，后方不稳，他一定不敢大举进攻新郑。蚩尤的犹疑，恰恰证明了他是非正义的一方，是炎帝的叛臣，更不配做共主。

　　对于战争的进程，黄帝也成竹在胸，做了详细的部署。

首先，在双方都不明虚实的情况下，对盟军反而是最有利的。必须要把首战打好，争取胜利。这一点黄帝很有把握。因为刚刚打败了炎帝，蚩尤难免会骄傲托大，其部下自恃武器精良，也会从心底瞧不起盟军。这个时候有熊氏把压箱底的看家本领一起都拿出来，定能打蚩尤一个措手不及，小胜是意料之中的。哪怕让蚩尤尝到一点失利，也会极大地鼓舞盟军的士气，更能争取到其他部落的支持。

其次，战争的时间会比较长。毕竟蚩尤麾下拥有九黎八十一个部族，加上被他收编的其他部落，实力放在那儿，想要一口气吃掉他是绝对不可能的。

最后，要等待一个成熟的时机，盟军再大举反攻，诛杀元凶，平定叛乱。

一切准备就绪，黄帝率领大军北渡大河，穿

过王屋山，在"阪泉之野"遇到了打头阵的归附蚩尤的神农氏部族。黄帝令旗一挥，命令部队出阵迎敌，军士们手执铜矛、铜戟，戴着铜头盔，披着铜甲，对面的神农氏部族在武器上根本不能匹敌，也不想真打，抵抗不住，很快便输了第一阵。

败退的神农氏部族向蚩尤紧急求援。蚩尤闻讯，也不敢大意，马上调拨附近的一支部队前来驰援，结果在半道遭到牛马怪阵的冲击，队伍瞬间被冲得七零八散，溃不成军。还没见到炎黄盟军的影儿，又灰头土脸地输了第二阵。

蚩尤大怒，再次派出军队出击。没承想，这次迎接他们的不是牛马阵，而是天上突然下起的一阵箭雨。饶是蚩尤族士兵骁勇善战，也被这突如其来的箭雨吓蒙了。盟军将士们趁机大喊："上天下箭雨，助我们杀敌。"一起奋力冲杀过去，蚩尤部大败。

那些归附蚩尤的神农氏部族亲眼看到这一幕，都觉得黄帝肯定是个不简单的人，得天之助，竟然让不可一世的蚩尤军队连输三阵。他们原本就对蚩尤面服心不服，只是慑于他的淫威才投降，现在内心一动摇，便临阵倒戈，归顺了盟军。

结果确实如黄帝所料，通过这三次战斗，盟军成功剪掉了附庸蚩尤的羽翼，黄帝收服了大部分神农氏旧部。昔日炎帝无法团结自己的部族，共同对抗蚩尤，现在神农氏的部族却心甘情愿听命于黄帝。两相对比，黄帝实质上已经取代了炎帝，拥有了盟军的领导权，收获了更多的民心。

连番折兵损将，让蚩尤恼羞成怒，他亲自带着八十一个部族的精兵强将前来迎战，声势自是不同。但见蚩尤部族的勇士们个个戴上了牛角头盔，披上了前护胸后护背的铜片衣，以拒牛马，同时防御箭矢。士气大振的蚩尤兵士，冲杀起来，也就真的把自己当成了牛和马。嗷嗷叫着，横冲直撞，盟军抵挡不住，吃了败仗。

眼见得盟军内部对蚩尤的恐惧又有抬头趋势，士气亟待鼓舞，黄帝心下郁闷焦虑，只盼能找到更得力的帮手，来替自己解此危局。都说日有所思夜有所梦，有一天夜里，黄帝竟然做了一个十分奇怪的梦，梦见大风吹去天下尘垢；又执千钧之弩，驱羊万群。醒来后，他把这个梦告诉属官仓颉。仓颉反复推敲琢磨，茅塞顿开，认为这是上天给黄帝指明了两个帮手。

"'大风'者，'风'姓，'垢'去'土'后便是'后'，第一个帮手的名字肯定叫'风后'；能拉硬弓的人自然是'力士'，驱羊是'牧'的意思，涵盖了另一个帮手的名字，就叫'力牧'。"仓颉不愧是仓颉，这番分析头头是道，不由得人不信。

黄帝记得，在东方的海边生活着风姓部族，

　　有一天夜里，黄帝竟然做了一个十分奇怪的梦，梦见大风吹去天下尘垢；又执千钧之弩，驱羊万群。

在草泽中生活着力姓游牧族。风后与力牧会不会就生活在东海和大泽中呢？黄帝火速派出使者，一路探访，果然在海边查找到风后，在大泽中遇见了力牧。

众人原本对黄帝的梦都将信将疑，觉得不可能有叫这两个名字的人，即使有也不会如此巧合地出现在黄帝的梦里。等到使者把风后与力牧带来，活生生地站在面前，大家都觉得神奇，以为必然是上天派来帮助黄帝的。他们说："天降风后与力牧，黄帝势必诛蚩尤。"盟军的士气一下子达到了顶点。

风后极富智慧，力牧善射。黄帝大喜过望，当即拜二人为大将，高兴地说："此番我有幸得两位将军出手相助，如虎添翼。即使再有十个蚩尤，我也不忧虑了。"

蚩尤得知此事，莫辨真假，一时倒也不敢轻

举妄动。

这段时间，两军发生的大小战争有六十八次，各有胜负，对整个战局并无太大影响。倒是反对蚩尤的部落越来越多，蚩尤担心背腹受敌，且战且退，返回自己的领地涿鹿。黄帝步步紧逼，对蚩尤形成了合围之势。

说来也怪，到了涿鹿，蚩尤如有神助。涿鹿的天气变化莫测，蚩尤用兵也变得神出鬼没。山洪暴发，来势汹汹，黄帝正在指挥大军转移，蚩尤却突然率兵掩杀出来，盟军阵脚大乱，败退十里；浓雾涌起，宛如黑夜，伸手难见五指，蚩尤兵又像是从地底冒出，形同鬼魅，不断进行骚扰。盟军难分敌我，多有误伤，又败退十里。休整之后，盟军再次挺进二十里，又因为山洪和浓雾所阻，不得不退却。如此往来反复，如同拉锯一般，一方进攻，另一方则退守；一方撤退，另一方则反攻，黄帝和蚩尤，谁都拿谁没办法。

炎黄盟军疑惧不安，以为蚩尤会法术，能御水驱雾，求战之心不似从前。

蚩尤得意洋洋，天天到营前骂战，说："之前我不能奈你何，是吃亏在战线太长，难免分心。现在你拿我没办法，因为你劳师远征，天时地利一个都不占。劝你早早退兵，否则我让山洪随时爆发，让浓雾笼罩你的军营经月不散，定教你的将士个个有命来无命回。"

黄帝说："你部已被我军团团围住，插翅难飞，擒你更是指日可待，我为什么还要放你一马？你说你有天时地利，我却不这么认为。只要人心向我，便足够了。所谓天道自在人心，天不会始终站在你那边。至于地利，我们初来乍到，确实不如你熟稔，但地形迟早会被我们摸透。到时，我看你还拿什么来应战保命。"

说是这么说，黄帝心里却暗暗叫苦。蚩尤

军已经军心涣散，不难对付，山洪和浓雾却让他一筹莫展。他压根不相信山洪和浓雾是蚩尤找来的帮手，但显然也不完全是巧合，看来蚩尤确实通晓天文地理，知道山洪何时爆发，浓雾何时出现。蚩尤装神弄鬼，不过是利用这种自然规律搞偷袭。

属官容成献计，说："山洪暴发，必然和降雨有关。现在是雨季，阴雨连绵，山洪才会频发，等到旱季，洪水必然绝迹。不妨让羲和与常仪二人观日月星象，推测晴雨，我军便能提前做好防范。到时他不来偷袭便罢，来了就会让他折兵损将。"

黄帝眉头稍微舒展些，又问："如你所言，假以时日，山洪便不足为患，可是浓雾该怎么解决？兵士们陷身在浓雾里，目不能视物，又难辨方向，自乱阵脚，才使蚩尤有了可乘之机，着实可恨。你可有什么办法？"

容成说："我记得，从前族人进山林采集打猎，为了防止掉队迷路，所有的人排成或横或直的队列，前后有序，又设定传讯暗号，或学斑鸠叫，或学鹿鸣，不至于走散。这倒是和浓雾中情形极为相似。"

黄帝大喜，说："这个方法值得一试。只要每人守定自己的位置，再记住自己前后左右四个方位的人，便不会乱了阵脚。战场上是不能学斑鸠叫了，声音太小，听不清楚。什么声音又大又响，能够同时被很多人听到呢？"

两个人几乎同时说出来："鼓。"

黄帝立即招来属官常先，向他大致说明情况。常先说："若是这样，我愿意向您推荐夔（kuí）族人制作的鼓。他们善于用牛皮制作大鼓，称为夔牛鼓，声震五百里，在战场上肯定能发挥作用。"

黄帝又和众人商议浓雾战的具体应对之策。
当浓雾蔓延时，军士皆站定各自位置，以鼓声
为信号，不同的音节代表不同的命令，或原地防
守，或保持队列，或分散队形，或前行进击。将
军风后又根据黄帝的图纸制造出指南车，即使在
浓雾中也能够辨明方向。盟军分为若干方阵，每
个方阵配备夔牛鼓和指南车，既能独自应战，也
可联合拒敌。

夔族人献上几十面夔牛鼓，经过反复操练，
军士对鼓声信号都已熟谙于心。盟军将士个个摩
拳擦掌，反而盼着山洪和浓雾，浓雾最好能够经
久不散。

现在轮到蚩尤诧异了。又到山洪暴发时，蚩
尤再次发动突袭，竟然没占到半点便宜。他预计
黄帝阵中藏有能人异士，提前做好了准备。一
件法宝被破解了，他只能寄希望于另一件法宝。
然而，浓雾笼罩的敌阵中突然响起鼓声，掷地可

闻，声震百里，响彻云霄。听得他很心慌，鼓声像石弹一样，一下一下重击着他的心脏，似乎在向他宣判最终的命运。盟军受鼓声指引，进退有据，蚩尤军反而在鼓声中迷失了方向。至此，蚩尤引以为傲的水战、雾战都失灵了，不仅失灵，好像还反过来在帮助轩辕。蚩尤知道自己不可避免地要遭遇平生最大一次惨败了。浓雾中鼓声越来越响亮，似乎有一根针一直在指着自己的方位，要把他牢牢地钉在地上。

战争终于临近尾声。这一年，蚩尤部落境内遭逢大旱，庄稼都枯死了，粮荒和水荒让九黎之境弥漫着浓郁的厌战情绪，曾经给予蚩尤全力支持的族人也开始反对他了。他们背叛了他，还诅咒说："蚩尤不死，天下不宁。"在这种情况下，失败固然难免，死亡也不失为一种彻底的解脱。

蚩尤军早就无心抵抗，盟军一路势如破竹，攻占了涿鹿。盟军在蚩尤城内活捉了蚩尤。黄帝亲自历数蚩尤的种种罪状，将他在中冀杀死，身首异处，分葬两地，以儆效尤。涿鹿附近有很多盐池，蚩尤死后，池水再也晒不出盐。大家都说，盐水是蚩尤血所化，由于蚩尤死不瞑目，池水因此不再出盐。

会盟天下

黄帝的实力在涿鹿之战达到最高峰。

涿鹿之战是中国历史上第一次惊天地、动鬼神的大战，交战双方是当时最强盛的三个部落：神农氏、有熊氏和蚩尤。在这次大战中，先进的武器被广泛投入运用，像铜制兵器和弓箭；天文知识和科技文化也得到极大推广，蚩尤借助了自然气候，黄帝发明了指南车；军事更是实现了飞跃，从部落之间的一团混战演变为阵法交锋，黄帝和蚩尤因此还被后世冠为"战神"。

根据涿鹿之战，演绎出很多传说，展现出东方民族瑰丽奇特的想象力。蚩尤族因为有纹身，服饰新奇，就被说成是半兽人，"兽身人语"；战斗时戴着简单的头盔，就演变成"铜头铁额"；还有神通之术，能征风、召雨、吹烟、喷雾。黄帝之所以能打败蚩尤，是因为他行仁政，得到了很多天上神仙的襄助。据说王母曾派九天玄女赐兵符给黄帝，天帝也使玄龟献兵符给黄帝。为了制止大雨山洪，黄帝还请出天女"魃"（bá），让蚩尤之境陷入大旱，才最终战胜蚩尤。所有这些，不过是为了强调相比于炎帝和蚩尤，黄帝才是"天选之子"，更得上天青睐。

蚩尤灭亡以后，部落公推黄帝代替炎帝担任当时的共主。有熊氏和神农氏虽然拥有共同的祖先，但在漫长的历史中，已经发展出不一样的文化，形成不一样的精神气质。神农氏发明耕种，以火烧山，主火德，因此称"炎帝"。有熊氏主土德，土色为黄，故称"黄帝"。

黄帝治下的疆域非常广大，其中心地带在太室、泰山、青要山至华山一带，北至幽都北海，东至东海，西抵陇山的崆峒山，南到熊耳山。远古的疆域在黄帝手中第一次得到了统一。鉴于有熊氏的祖先起于姬水，壮大于新郑，功成于涿鹿，黄帝决定定都于涿鹿之阿，在那里新建了一座黄帝城。

　　黄帝对盟友和自己的部下论功行赏，各赐要职。即使是蚩尤部的战俘，他也心怀宽仁，不念旧恶，区别对待，分开处理：本性良善的人，将他们迁到"邹屠之地"，妥加安置；穷凶极恶之徒，就依照"五刑"之法，给他们戴上枷锁，驱逐发配到"有北之乡"；诚心降服的，黄帝也一视同仁，予以重用，让他们负责掌管天文和冶炼。

　　随后，黄帝号召天下各部落首领合符釜山，可谓是用心良苦。历史的篇章既然从炎帝那一页翻到了黄帝这一页，炎帝时期发生的所有恩怨争执自然一笔勾销，炎黄联盟也好，蚩尤族也好，其他族也好，从今往后都要以轩辕黄帝为尊。另外一层意思是，黄帝虽然不翻旧账，但是在他担任共主期间，有胆敢生异心者，他还是会力惩不贷，虽远必诛。

天下初定，然而部落林立，麻烦少不了。离都城较远的部族开始滋事，边地渐渐失稳。消息传来，属官们都很着急，担心小乱会酿成大祸。只有黄帝好整以暇，不慌不忙，还劝慰众人说："这个时候，该请蚩尤出场了。"原来，黄帝早有准备，让人绘制了很多蚩尤的画像，派使者传送四方。用意很明显：你们不要忘掉蚩尤的下场，他号称"战神"，是八十一个部族的首领，如此凶狠的一个人，还不是被我黄帝给打败了，落得身首异处。现在我是天下共主，执掌全联盟，你们若能审时度势，就不该轻举妄动，如果不自量力，蚩尤就是你们的前车之鉴。

原来，黄帝早有准备，让人绘制了很多蚩尤的画像，派出
使者传送四方。

蚩尤的画像果然有奇效，对很多怀有异心者起到了威慑作用。黄帝对属官们说："战争毕竟是凶器，对民众不利，能不打仗就尽量不打仗。"至于那些罔顾和平，依然一意孤行，胆敢犯上作乱的部落，黄帝肯定不会坐视不管，他立即派出大军，进行讨伐。这些乱军自然不堪一击。

任贤用能

反叛的蚩尤被擒杀之后，黄帝力排众议，坚持对九黎诸部网开一面，除了少数强硬分子被流放，大多数部族都得到了赦免。新一任蚩尤部族首领甚至得到了破格重用，被黄帝授予"当时"要职。

很多臣属不满意，他们觉得对九黎诸部宽容是一回事，对蚩尤部族的新任首领破格重用是另外一回事，前者体现了黄帝的仁慈与善良，后者却证明了黄帝的失察和不公。

不怪臣属们不理解，要抗议，实在是因为"当时"太重要了，"当时"负责的是天象。在远古农业社会，天象是最神秘也是最重要的，所谓"不识天没有饭吃"，就是因为它能预测农业生产是丰收还是歉收，来年是瑞年还是灾年。让蚩尤担任"当时"，简直就是让他掌握了社会民生的命脉。

往前追溯到伏羲时，伏羲曾让自己的四个儿子负责祭祀四时，到了黄帝时，便发展出祭祀四方。奢龙担任"土师"，负责祭祀东方；祝融担任"司徒"，负责祭祀南方；大封担任"司马"，负责祭祀西方；后土担任"李"，负责祭祀北方。这四人都是黄帝的属官，建立了丰功伟业。如今战败方的首领，官位却凌驾在他们之上，如此安排，怎么能让人信服？

黄帝说："我之所以能成为天下共主，离不开贤哲之士的辅佐。像发明弓矢的挥与夷牟，还有驯牛马作战的王亥，挖井的伯益，他们的功劳都很大。风后与力牧同来助我，在讨伐蚩尤叛部时都拜为大将，难道以他们的功劳，就不能担任

'土师'‘司徒’之职？"

臣属们都默不作声，如果论功行赏的话，风后与力牧确实也能成为负责祭祀四方的人。

黄帝继续说："我让祝融负责祭祀南方，是因为他对南方非常了解。南方有一座山叫衡山，你们知道为什么叫这个名字吗？"

臣属们面面相觑，没有一个能答出来。

黄帝说："祝融就很清楚。他告诉我，衡山之所以叫衡山，是因为此山横亘在云梦与九嶷之间，就像一杆秤一样，不仅可以称重天地，还能衡量帝王的道德。你们中间，有谁对南方的了解能胜过祝融吗？同样的道理，祭祀东方的人，一定要能明察东方。奢龙居住在东海之滨，对东方的了解超过我们每一个人。我任命大封、后土，都是出于同样的考虑。你们都来说说，我这样的

衡山之所以叫衡山，是因为此山就像一杆秤一样，不仅可以
称重天地，还能衡量帝王的道德。

安排有问题吗？"

臣属们唯唯诺诺，对这四个人，他们当然是心服口服。

黄帝说："看来你们的不服气，针对的只是败军之将呢。败军之将，难道只配去看马场？你们真的如此健忘吗？忘了我们和蚩尤打了这么多年的仗，他们是怎么巧妙利用天象，让我们大吃苦头的。到现在民间还在流传他请'风伯雨师'助阵的事迹。你们自己想想，还有谁比九黎的首领更了解天象？他不仅精通天象，还熟知地形与气候，知道每座山上的矿藏物产，知道所有的盐池。上应天象，下合万物。这样的人，正适合担任'当时'。你们要谨记，不仅仅是监领四方，所有的官署职位，得到现在官职的人，凭借的都不是功劳，而是能力。能力大的人才能担负起更大的责任。"

臣属们都臊红了脸，低下头去，为自己的浅

薄和狭隘感到难为情。

黄帝说："自从我担任有熊氏的首领，定居新郑，修筑宫室，开挖水井，种桑养蚕，改良弓矢，发明司南，讨伐蚩尤，建立新城，编订历法，创建文字，核准音律，发扬医术，凡此种种，都不是我一人之功。我看到野外的蜚蓬（飞旋飘荡的蓬草），若有所思，然后奚仲把车子打造出来。我只是倡议者、发起者、推行者，具体执行的人，他们比我更重要。如果没有前人的积累、教导和忠告，没有他们自己的经验、知识和坚持，再美好的设想也都是空谈。"

正是和蚩尤部落经年累月的战争，让黄帝意识到蚩尤族的优势和特长，知道在天文学和冶炼技术上，蚩尤族均远远领先于有熊氏，为此，黄帝不仅力排众议，让蚩尤族的新任首领担任"当时"，还提拔了很多蚩尤族的杰出人才，让他们专门负责观测天象、冶炼金属和制作兵器。

黄帝还让仓颉绘制出一份杰出人物的清单，标注他们的姓名及其突出成就，随身携带，时时观看，以表彰其功，确保人尽其才。

嫘祖（养蚕）；常先（制鼓）；王亥（驯马、牛）；共鼓（造船）；奚仲（造车）；宁封子（制陶）；胡巢（制帽）；于则（制鞋）；隶首（发明算盘）；伯益（挖井）；羲和（占日）；常仪（占月）；臾区（占星辰、气象）；伶伦（造律吕）；大挠（甲子记日）；容成（制作历法）；伯余（制衣）；雍父（发明杵臼）；挥（发明弓）；夷牟（发明矢）；岐伯（精研医术）；仓颉（造字）；史皇（作图）；尹寿（发明铜镜）。

每每看到这些熟悉的名字，黄帝都会非常感慨：上天对自己可真是不薄，让这么多能人异士同时涌现出来。如果用不好他们，绝对是自己作为天下共主的严重失职。

封禅之途

"上古之时，世界一片混沌，就像一枚鸡蛋。盘古开天辟地，天地之间才出现了生灵。盘古活了一万八千岁，最后倒毙在中原大地上，化为五岳。他的头部隆起成泰山，脚趾变成华山，腹部化为嵩山，右手是恒山，左手是衡山。"

这是黄帝耳熟能详百听不厌的传说。有一年经过衡山时，祝融又对黄帝讲述了一遍。当时黄帝还问祝融，衡山的得名原因是什么。祝融的回答让黄帝很满意，于是决定让祝融监领南方。因为衡山就在南方。

不过，黄帝更感兴趣的是泰山。泰山作为五

岳之首，在泰山上"封禅"，古已有之。所谓封禅，即祭天地之礼，在泰山顶上，积土为高坛，行祭天礼，叫封。在附近找一个小山，除地作平坛，行祭地礼，叫禅。据说能封禅泰山的一定是明君，道德品行不好的，往往会遇到风雨和各种灾异，不得不半途而返。这是上天有意设阻，让其登不上泰山。

国泰民丰，黄帝也动了前往泰山封禅的念头。可是，他又很担心，万一自己也遇到风雨无法成行怎么办？那不是摆明了宣告天下，自己做共主不合格，行为有污点吗？在黄帝之前，所有去封禅泰山的共主都失败了。黄帝既想成为成功封禅泰山的第一个，又怕自己沦为失败的又一个。这种忐忑的心理让他备受煎熬。

"去还是不去呢？要不，还是不去了吧。不封禅泰山，也无损我的英明。不行，不行，还是要去。封禅泰山，是我毕生最大的心愿，怎么能轻易放弃呢？"

　　臣属和民众都看穿了黄帝的心思。在他们心目中，黄帝是最伟大的首领，完全配得上封禅泰山的殊荣。神灵不会对此视而不见。他们纷纷向上天祷告："黄帝职道义，经天地，纪人伦，序万物，以信与仁，为天下先"，"黄帝治天下，日月精明，星辰不失其行，风雨时节，五谷登熟，虎狼不妄噬，鸷鸟不妄搏，凤凰翔于庭，麒麟游于郊，青龙进驾，飞黄伏皁，诸北儋耳之国，莫不献其贡职"，希望上天能听到他们的请愿。

　　黄帝也被感动了，他没想到民众对他如此爱戴，对他的评价这么高。他都有些羞愧了，觉得自己做得还不够好。

　　"我想去封禅泰山，原来是为我个人着想，觉得自己做共主做得还不错，有了祭祀天地的资本。这不过是炫耀自己的政绩而已。可是上有

　　我个人的一点功绩，有什么值得禀告天地的呢。我要代民
众祈福，求农事的丰年。

天，下有地，中间有万民，我个人的一点功绩，有什么值得禀告天地的呢。我要代民众祈福，求农事的丰年。有此心愿，上天可能会垂怜开恩，让我如愿封禅泰山。"

抱着这样的目的，黄帝顺利登上泰山，成为第一个封禅泰山的共主。除此之外，黄帝还封东泰山，禅凡山。至于其他山川鬼神种种应有的祭祀，只要对万民有利，他都非常虔诚恭敬地完成。民众因此更加感念他的恩德，上天自然也不吝赐福。

黄帝历法

    黄帝通过两面旗帜，让华夏民族焕发了勃勃生机。蚩尤旗是战旗，所到之处无不望风披靡，边境相安无事。龙图腾则成功聚拢了华夏各族的人心，联盟内部河清海晏，民众享受到长久的太平，得以专事生产。

    在上古时，对天的认识是最重要的学问。掌握日月运行规律，才能制定星历节气。天高最难问，需要历经数十代人的努力，才能积累些许经验。

    蚩尤部已经能利用天象预测气候变化，所以黄帝才力排众议，任命蚩尤族首领为"当时"。

有熊氏在游猎时，也已经学会利用北斗星来定向和计时，以保证打猎人员能够顺利返回定居点，减少意外和危险。

黄帝专门成立了司天的部门，其重要职责是观察天文，研究天象规律，制作出较准确的历法，以指导农耕生产。

黄帝命羲和负责占日。羲和于是天天对着太阳，日出东隅，途径中天，没于桑榆。夏日酷热，冬日温煦。日晕有雨，日食不吉。经过长期观察，羲和最终提出了"十日为一旬"的分法。

黄帝命常仪负责占月。常仪于是夜夜对着月亮。上弦月，下弦月，半月，满月，满月生潮……他慢慢总结出圆缺规律，据此把一年分成十二个月。

黄帝命鬼臾区占星气。鬼臾区于是夜夜仰望

星空。夜幕上繁星点点，有小星、大星，偶或流星、陨星，星之昏明也在不断变化。鬼臾区详细记录，以此来推测天下吉凶。另外还要辨别云的色彩、形状，聆听风的方向、猛缓，来进行占卜预判。

黄帝命大挠作甲子。甲子即干支。甲、乙、丙、丁、戊、己、庚、辛、壬、癸，是十干。子、丑、寅、卯、辰、巳、午、未、申、酉、戌、亥，是十二支。大挠用天干地支来计日，六十天为一个循环。

羲和等人的工作很出色，成果让黄帝很满意，他又命容成在此基础上制作调历。结合羲和、常仪、鬼臾区、大挠等人的经验，容成创造了一种崭新的历法，就是黄帝历法。时至今日，有人还习惯出门翻看黄历，以测吉凶。

黄帝历法很快发挥了巨大的作用，在神农氏

所创初期农业文明的基础上，黄帝时期增加了可供种植的农作物品种，黍、稷、菽、麦、稻的栽培方法得到确立，产量也大幅提高，这成为养活百代延绵的炎黄子孙的主要食物。

铿锵咸池

音乐的出现，比文字更早，也更为发达。对于历代天下共主来说，乐舞是关乎社稷的一件大事，必须重视。

黄帝历经七十余战，终于战胜蚩尤，成为天下共主。胜利来之不易，有时听到鼓声，黄帝都会走神，仿佛被鼓声重新带回到战场的浓雾中。蚩尤的军士在雾中忽隐忽现，青面獠牙，口中喷烟吐火。鼓声忽然沉寂，蚩尤的军士感到了恐惧，动作变慢，转身想逃。鼓声忽然高昂激越，蚩尤的军士欲逃已经不能，纷纷倒地。浓雾像一匹巨大的轻纱，将战场、尸体统统都轻轻地覆盖住。

单一的鼓声就有如此威力，如果制作一支盛大恢弘的乐曲，里面有鼓声，有呐喊声，有厮杀声，有惨叫声，有牛哞叫，有马嘶鸣，有车辚辘声，有兵器撞击声，这样会不会让听者身历其境，让曾经的战争场面更加惊悚，更能衬托出黄帝的强大，从而达到劝和天下的目的？

黄帝把作曲的任务交给了伶伦和荣将。

伶伦和荣将是两位著名的音乐家。伶伦为了创作出让黄帝满意的乐曲，从大夏的西边，一直走到昆仑山的北面，最后在山谷间发现一片竹林，风吹竹动，沙沙有声。伶伦被竹声陶醉，便用这里的竹子制作了十二只竹管，又根据凤和凰的叫声，为十二只竹管定下了十二种不同的律调。竹管不易保存，伶伦和荣将又另外铸造了十二口钟，配合宫商角徵羽五音。

经过紧张的排练，盛大恢弘的《咸池》终于

要接受黄帝和百官的验收了。

　　首演安排在釜山。四面八方的贵客纷涌而至，他们是各个部落的族长和首领。黄帝这次召集大家前来，是要举行一次大会，商讨如何在联盟内统一意志和行动。会场上空旌旗林立，遮天蔽日：伏羲氏的蛇，有熊氏的熊，烈山氏的牛，九黎族的蟋蟀、蝉虫和黄雀，东夷族的凤鸟，其他还有鱼、龟、鹰、虎、鹿、马、猴等。

　　黄帝一方面在内心赞叹联盟的壮大，为之踌躇满志；一方面又担心每个部落尊奉不同的祖先图腾，一旦意见不合，分歧就会扩大，隔阂难以调解。经过紧张而热烈的讨论，一种全新的图腾产生了，它糅合了走兽、爬虫、水族、飞禽的特征，合成了独一无二的龙。龙没有翅膀却高居云端，能飞天遁地；龙有须髯尾巴，还有爪子；修长的身躯像蛇一样，身上覆盖着鳞片。

当龙被绘制出来后，所有人都啧啧称奇。每一个部落首领在龙身上都看到了自己部落图腾的影子，不觉得遭到了轻慢。他们愿意尊奉这新的联盟图腾，接受"龙的传人"这一新的身份。

仲春二月乙卯这天，当太阳出现在奎星方位的时候，演奏正式开始。

十二口钟依次敲响，好像交战双方安静有序地进入战场。突然有鼓声如雷，夺人心魄，似泰山崩裂，大河决堤。在场听者无不变色，惊恐万状。鼓声减小，继而伏羲之琴、神农之瑟、女娲之簧一起加入，强音变得温和，弱音变得清越，人心得到抚慰。随着鼓声变得平缓，十二只竹管齐声和鸣，每个人都感到身心愉悦。

这个时候，轩辕黄帝命人请出龙图腾。龙旗猎猎作响。众人仿佛看到神龙在九天现出金身，天空五色祥云辉映，凤凰偕百鸟献瑞，地上万兽率舞，其乐融融，一派和谐。

一曲已终，百鸟万兽散逸，只剩下飞龙在天，祥云如聚，香气氤氲。但见群臣纷纷离席，六相协同百官，一起敬拜祝贺黄帝，称颂其统一天下、整合万族的功绩。

骑龙飞天

　　繁忙的政事之余，黄帝还经常拨冗巡视各地，深入了解民间疾苦。出巡时，他轻装简行，往往只带上风后与常伯两个人，足迹遍及青丘、洞庭、峨眉、王屋等地。

　　黄帝一百多岁时，忽然做了一个梦，梦见自己变得身轻似燕，好像多年来奉行清心寡欲的生活，终于取得了效果。他的身子骨不再显得沉重，而是变得非常轻盈，随随便便一跳就有三丈高。

　　宫殿里一个人也没有，似乎是担心妨碍黄帝休息，都回避了。他能看到一些很轻的风，像蚕丝一样在宫殿里划过。他又想到之前命人开采首山的铜矿，运到荆山脚下去铸鼎，不知道进展情况如何。这个鼎将作为战胜蚩尤的纪念，和《咸池》一起流传后世，以一场大战告诫后人切勿轻启战端。

突然，一头长有翅膀的巨熊出现了。黄帝觉得似曾相识。飞熊告诉黄帝："那座宝鼎快要铸造成功了，我现在接你过去看看。"黄帝跟着飞熊，竟然也飞了起来。他们很快到达荆山上空，下降时看到一座大鼎，高一丈三尺，鼎壁上雕刻着云中龙、火中凤，还有四方怪兽和举翼百鸟。若不是飞在空中，是不可能看到它的全貌的。另有老虎和豹子蹲在地上，在大鼎的东南西北守护炉火，不让它熄灭。

黄帝为迎接宝鼎铸成，举办了一个盛大仪式，官员臣属和四方民众都闻讯赶过来。空中祥云朵朵，荆山脚下，人山人海，黄帝很久没见过这么热闹的聚会，益发觉得精神健旺。仪式刚举行到一半，从祥云中突然探出一条金龙，龙头向

他们下降时看到一座大鼎，高一丈三尺，鼎壁上雕刻着云中龙、火中凤，还有四方怪兽和举翼百鸟。

下，长长的胡须一直垂到宝鼎上，胡须上还悬挂着一张御用宝弓。黄帝意识到，金龙是来迎接自己的，他纵身一跃，跨上龙背，发现龙背上已经坐着七十几个老臣。下面的人看到金龙要带着黄帝飞走，有想随行的，有万分不舍的，都争先恐后去拉金龙的胡须。龙须经不住拉拽，断了好几根。黄帝的宝弓也松动掉落。

轩辕黄帝看到地上的人们，有的抱着宝弓，有的握着龙须，个个哭得伤心欲绝。

黄帝心里清楚，离别的时刻已经到了。他朝着众人挥手，耳畔人间的哭号越来越小。那只飞熊在前面引路，金龙跟随在后，一起往天上飞去。

……

黄帝去世后，群臣把他安葬在山西的桥山。人们无比缅怀他，就说他没有死，而是升天成仙了。